AF509326

« Te souviens-tu, Clairon. »

BIBLIOTHÈQUE
DES ÉCOLES ET DES FAMILLES

CONTES DU JEUDI

PAR

BERNARD DE LAROCHE

PARIS
LIBRAIRIE HACHETTE ET Cie
79, BOULEVARD SAINT-GERMAIN, 79

1890

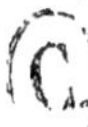

CONTES DU JEUDI

MANCHON

Ah! mes amis, si vous aviez voulu fourrer vos mains dedans, quel coup de crocs vous auriez reçu!

Ce n'était pas un manchon inoffensif et coquet comme ceux que l'on donne aux petites filles quand il fait froid; c'était un Manchon à quatre pattes, qui mangeait, buvait, dormait et grognait.

Oh! grognait surtout. Le barbet, à l'époque où j'ai l'honneur de vous le présenter, était, contrairement à l'habitude générale des chiens, parfaitement désagréable. Ce

n'était pas une méchante bête, pourtant;
il avait à son actif quelques traits d'hé-
roïsme et de probité. Ainsi, il avait sauté à
la gorge d'un maraudeur et rapporté, sans
y toucher, le gigot que celui-ci volait à
la cuisinière du curé. Il avait vaillamment
défendu, sur la grand'route, un pauvre
aveugle auquel de méchants gamins faisaient
mille niches. Cependant, il n'en était pas
moins généralement détesté, car le caractère vous suit partout, tandis que le cœur
et le courage ne s'emploient pas tous les
jours.

Or Manchon avait un caractère détes-
table. Pour tout dire, un jury bien informé
lui aurait accordé des circonstances atté-
nuantes. Sa mère était morte, écrasée par
la diligence, et son père, adopté par le châ-
teau, était un parvenu très arrogant, qui ne
s'occupait de personne, pas même de son
fils.

Manchon, ainsi abandonné, était devenu

le souffre-douleur des gamins du village. Un
jour, Mlle Honorine, la sœur de Chauffour,

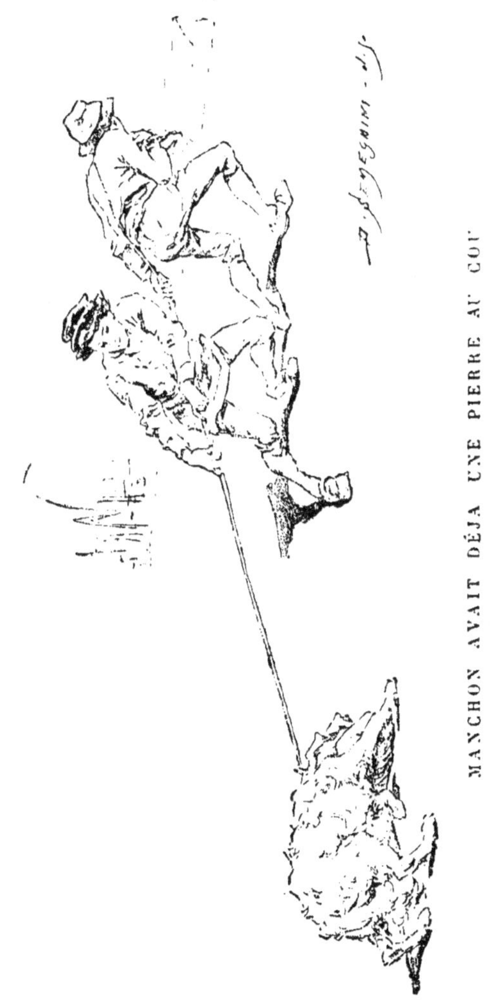

MANCHON AVAIT DÉJA UNE PIERRE AU COU

le forgeron, le sauva de la main de ses bour-
reaux juste à temps, car il avait déjà une

pierre au cou et se trouvait à deux pas de la rivière.

Malheureusement, son caractère était déjà profondément aigri, et ni les bons soins de Mlle Honorine, ni les chansons joyeuses de l'enclume ne purent effacer dans l'esprit de Manchon le souvenir des mauvais jours.

Vous voyez, mes amis, qu'il ne faut jamais tourmenter les animaux. Les meilleurs deviennent méchants lorsqu'on les fait injustement souffrir.

Il arriva une guerre. Tous les hommes bien portants partirent afin d'empêcher que les vieux grands-pères, les jeunes mamans et les petits enfants ne fussent tués par des gens fort injustes qui, n'ayant pas d'argent chez eux, voulaient en prendre chez les autres.

Mlle Honorine pleura beaucoup, mais Chauffour, qui n'était ni grand-père ni mal portant, n'en partit pas moins, suivi de Manchon, qui aiguisait ses crocs.

Afin de ne pas exposer le pauvre animal, qu'il savait susceptible. aux quolibets

du régiment, Chauffour l'appela momenta-
nément Clairon.

Manchon comprit l'intention délicate qui
avait guidé le choix de ce pseudonyme et
ne révéla point son véritable état civil,

même à la petite chienne de la cantinière, qu'il aimait pourtant de tout son cœur.

Un an après, Chauffour rentrait au logis, ayant offert à la Patrie son bras droit, auquel il tenait pourtant beaucoup, et sa jambe gauche, qui ne lui était pas moins chère.

La Patrie, reconnaissante, lui fit trois cents francs de pension, ce qui, à Saint-Léonard (Haute-Vienne), est déjà une petite fortune.

Quant à Manchon, il revenait indemne. Non pas qu'il se fût ménagé. Il s'était, au contraire, montré digne, en toutes circonstances, des bons Français qu'il suivait. Mais les balles ont des caprices, comme la fortune. Elles n'avaient même pas effleuré la fourrure du barbet.

De retour à Saint-Léonard, Clairon redevint Manchon comme devant. En souvenir de ses campagnes, Chauffour lui aurait volontiers conservé son surnom belliqueux.

Mais Mlle Honorine, qui détestait la guerre, depuis que son frère en était revenu ainsi estropié, s'y opposa formellement.

Chauffour, habitué à la discipline et considérant la terrible Mlle Honorine à peu près comme le colonel du régiment, se soumit à la volonté de sa sœur. Il se rattrapait en disant tout bas, le soir, en fumant sa pipe et pendant que le colonel enlevait le couvert :

« Te souviens-tu, Clairon? »

Clairon-Manchon montrait les crocs en signe de mémoire, et se rendormait.

Il vivait heureux et aurait dû devenir meilleur. Cependant il avait la rancune longue, et, toutes les fois qu'il rencontrait un enfant, il ne manquait jamais d'aboyer pour lui faire peur, et même de le mordre s'il pouvait.

C'était la terreur des mamans. On le fuyait comme la peste : c'est le sort des méchants.

Un jour, le petit Pierre, le fils du percepteur, auquel on donnait cependant du dessert tous les jours, s'avisa d'entrer dans le jardin de M. Dumont, un des voisins de son père, et d'y voler des fraises.

Manchon, qui rôdait justement par là, l'aperçut et se mit à japper furieusement, afin qu'on surprît le petit garçon le nez dans sa gourmandise.

Pierre était dans son tort, mais il se dit en lui-même que Manchon n'avait pas raison non plus. Puisqu'il n'était pas chargé de garder les fraises de M. Dumont, il n'avait nul besoin de rapporter. Au lieu d'aboyer après les défauts des autres, il aurait mieux fait de corriger les siens.

M. Dumont accourut, trouva Pierre encore tout barbouillé des fruits volés, et le mena, l'oreille basse, à son père, qui fut très humilié d'avoir un fils gourmand et voleur.

M. Dumont trouva Pierre encore tout barbouillé
des fruits volés. (Page 13.)

Heureusement que Pierre ne chercha point à mentir, ce qui est certainement la meilleure manière d'atténuer une faute.

MANCHON ET LE PETIT PIERRE

S'il avait cherché à nier, son père l'aurait privé d'une amusante partie de pêche qui devait avoir lieu le lendemain; mais comme, au contraire, il avoua sa faute et en témoigna du repentir, il fut condamné seulement à dîner à la cuisine et à se coucher sans avoir embrassé sa maman, ce qui pour un garçon de cœur est une très grande punition.

Pierre ne murmura pas contre son père, mais il jura de se venger de Manchon.

La vengeance est, dit-on, le plaisir des dieux, ce qui, par parenthèse, donne une triste idée de ces dieux-là.

Mais Pierre céda à sa rancune. Il combina, pendant plusieurs jours, un plan diabolique contre son hargneux ennemi, qui le regardait passer d'un air goguenard.

« Rira bien qui rira le dernier », lui disait Pierre.

Manchon haussait les épaules.

« Il me faudrait de l'argent », pensait Pierre.

Or la bourse du petit garçon était vide. L'achat d'un cheval de bois et d'une douzaine de billes l'avait mise à sec.

Pour la remplir à nouveau, Pierre comptait sur sa fête, qui tombait justement dans quelques jours.

A la Saint-Pierre, son oncle lui donna une belle pièce de vingt francs toute neuve.

Quand il eut ses vingt francs, laissant au jardin ses petits amis qu'on avait invités en son honneur, il courut, sans être aperçu, jusqu'à la place du village.

Il entra chez l'épicier-charbonnier-liquoriste-bonnetier-mercier-papetier-marchand-de-couleurs du coin, car à Saint-Léonard il faut faire vingt métiers pour gagner vingt centimes.

Il adressa sa requête au marchand, et celui-ci lui remit, en souriant, un objet mince et long, enveloppé dans un papier bleu. Pour le payer, Pierre changea sa belle pièce neuve. C'était, comme vous allez le voir, un triste usage de sa fortune.

Il rentra au jardin, joua aux billes, à colin-maillard, à saute-mouton, à la main chaude, à la queue du loup, le tout avec un entrain qui ne laissait rien voir du sombre projet qu'il nourrissait.

Après le goûter, les petits amis s'en allèrent. Pierre resta seul, et sortit du jardin par la petite porte du fond.

Il n'était pas beau à voir, Pierre, en ce moment-là, car une idée méchante enlaidit toujours un enfant, si joli qu'il soit d'ordinaire.

Il arriva ainsi jusqu'à l'ancienne forge, muette depuis le retour de son propriétaire éclopé, et aperçut Manchon, qui dormait à pattes fermées, sur le seuil, au bord de la route.

Alors, à pas de loup, il s'avança, tira de sa poche ce qu'il avait acheté, puis, en un clin d'œil, avant que le barbet eût eu le temps de se reconnaître, il le lui attacha à la queue, et, méchamment, en approcha une allumette.

C'était, vous l'avez sans doute deviné, un pétard, qui partit. L'animal se sauva affolé, et, comme sa queue brûlait, il courut dans la direction de la rivière, sans doute pour y éteindre ce commencement d'incendie. Malheureusement, exaspéré par la douleur, il se jeta dans l'eau juste à l'endroit où

tournait la grande roue du moulin. Une

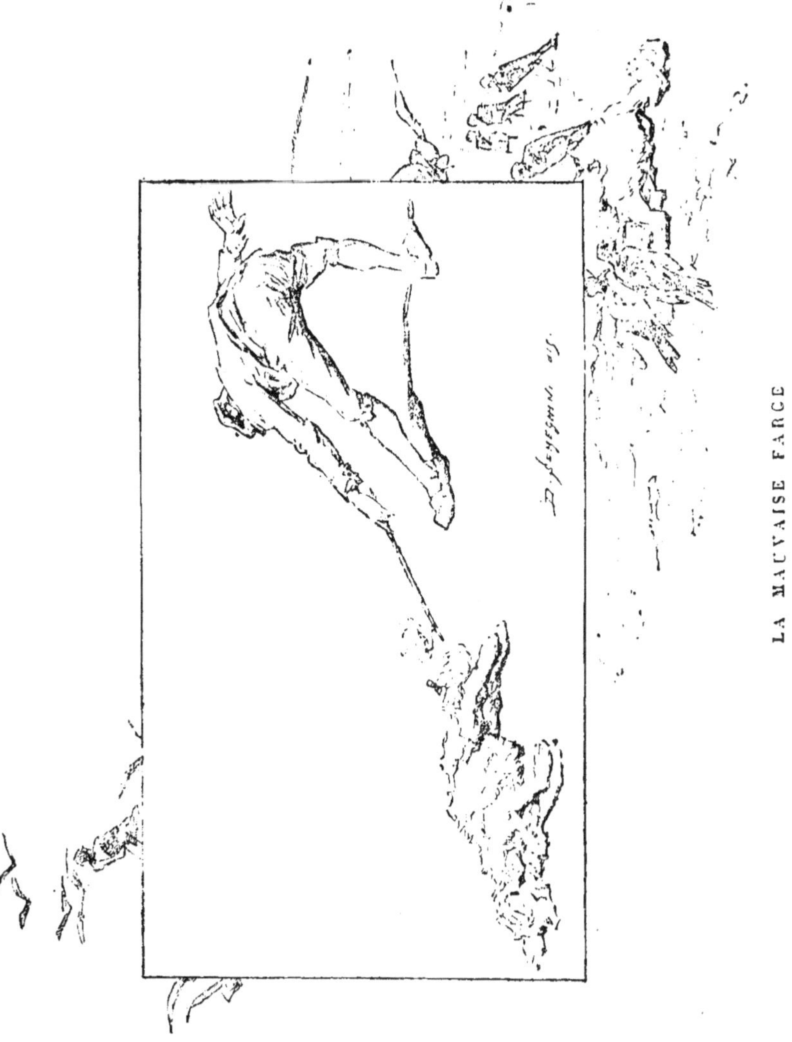

des palettes en bois l'atteignit au museau
et l'étourdit complètement, de sorte qu'il se

noya, bien qu'il sût très bien nager. Car les animaux, qui ne peuvent rien apprendre, savent tout ce qui leur est nécessaire en naissant : c'est le contraire des enfants, qui ne savent rien, parce que leur devoir est d'apprendre.

Chauffour et Mlle Honorine, accourus au bruit de la détonation, eurent un grand chagrin lorsqu'ils virent le pauvre toutou disparaître dans l'eau profonde. Ils aimaient Manchon, malgré ses défauts, comme les parents aiment leurs enfants. Ils ne purent, ni l'un ni l'autre, se porter au secours du chien, Chauffour parce qu'il était infirme, et sa sœur parce qu'elle ne savait pas nager.

Mlle Honorine, indignée, prédit à Pierre qu'il finirait au bagne s'il ne se corrigeait pas; quant à l'invalide, il s'en revint tristement au logis, abandonnant l'enfant à ses remords.

Car Pierre en eut, et tout de suite. Il

n'était pas méchant, et son désir de vengeance n'allait certainement pas jusqu'à vouloir la mort de son ennemi; mais, lorsqu'on a mis le pied dans le mauvais chemin, on va souvent plus loin qu'on ne le voudrait.

Désolé du résultat fatal de sa méchanceté, il courut à la maison se jeter entre les bras de sa mère, à laquelle il fit en pleurant l'aveu de sa faute....

A quelques jours de là, Pierre reprenait, en compagnie de sa mère, le chemin de la forge.

A eux deux, ils portaient un panier assez lourd; mais, bien qu'il fît très chaud, Pierre ne se plaignait pas du poids.

Quand ils arrivèrent, l'invalide était dans la cour, tristement assis sur un banc de pierre, à côté de la niche déserte de Manchon.

En apercevant la maman de Pierre, qui était très bonne et très aimée, il se leva sur ses jambes, dont l'une était une jambe de bois, et souleva poliment sa casquette.

Alors Pierre posa le panier par terre et en retira... un joli barbet tout frisé, exactement pareil à Manchon. Oui, tout pareil, le nez en l'air, la queue en panache, et la petite tache tapageuse que le défunt portait sur une oreille.

Pierre et sa maman avaient fait la veille une course mystérieuse à Limoges, qui est, comme chacun sait, le Paris de Saint-Léonard, et avaient découvert, chez un marchand de chiens, un barbet qui ressemblait exactement au noyé.

Pierre, pour l'acheter, avait sacrifié tout ce qui restait de la pièce d'or de l'oncle.

« Chauffour, dit-il timidement, il est très bon ; il vous aimera autant que l'autre. »

L'invalide embrassa l'enfant. On ne tient pas rigueur à ces petites lèvres roses lorsqu'elles promettent de ne plus recommencer.

Maintenant, lorsque Chauffour fait sa pro-

Un joli barbet tout frisé. (Page 23.)

menade quotidienne sur les pentes vertes
de Saint-Léonard, il ne manque jamais
de s'arrêter devant la maison du papa de

MANCHON II

Pierre. Celui-ci, qui connaît l'heure du pas-
sage de ses amis, accourt à la grille du
jardin avec un morceau de sucre, et Manchon II, pour lequel la reconnaissance de
l'estomac est un véritable culte, ne sait
pas s'il préfère son vieux maître ou son
jeune ami.

LES CLIENTS DE PAPA JANVIER

Le grand salon était recueilli comme une église.

Marthe, Madeleine, Henriette, Gaston, Pierre, Suzanne et même Lili — la poupée de cette dernière — étaient assis en cercle devant le canapé.

Aucun d'eux ne disait mot. Pour un observateur attentif, il eût été facile cependant de découvrir, sur les petits visages, de véritables symptômes d'inquiétude.

Les sept paires d'yeux, en comptant ceux de la poupée, étaient tournés vers une porte, et si les regards pouvaient ouvrir les portes, celle-là, je vous assure, l'eût été depuis longtemps.

LES CLIENTS DE PAPA JANVIER

Enfin elle tourna sur ses gonds, et Papa Janvier parut. Les six enfants et la poupée, très émus, se levèrent.

Le vieux bonhomme entra, le dos courbé sous le poids d'une énorme hotte, qu'il mit à terre, c'est-à-dire sur le parquet du salon.

« Eh bien, mes enfants, avons-nous été sages? demanda Papa Janvier, en ôtant la toile de neige qui couvrait sa hotte.

— Oui, Papa Janvier, répondit le chœur des enfants.

— Bon! nous allons voir; asseyez-vous. »

Les six enfants et la poupée obéirent, et les cous s'allongèrent, pour essayer de surprendre les mystères de la hotte. Mais Papa Janvier faisait son déballage derrière le canapé. Impossible de rien voir. Il riait dans sa barbe blanche et paraissait ne pas s'apercevoir de l'impatience des enfants.

Sa hotte vidée, il la secoua pour en faire tomber les étoiles de neige, qui se trouvaient être de petits bonbons à l'anis. Mais les en-

Papa Janvier prit place sur le canapé. (Page 29.)

fants étaient si préoccupés qu'ils ne remarquèrent pas cet incident, dont Mignon — le petit chien — profita seul.

Alors Papa Janvier prit place sur le canapé avec lenteur et majesté et tira d'une vaste poche, située sous sa houppelande, un gros livre de plusieurs milliers de pages.

Chaque page était consacrée à un enfant de sa connaissance. C'était le registre de ses petits clients.

Il le feuilleta pendant longtemps, pendant que les sept paires d'yeux — y compris les yeux d'émail de la poupée — le suivaient avec inquiétude.

Enfin il s'arrêta en poussant un « Ha! » qui n'était pas fait pour rassurer le petit auditoire.

« Voyons, dit-il d'un ton grave, voilà huit jours que vous priez, soir et matin, Papa Janvier de vous apporter des joujoux. Il s'agit de savoir si vous les avez mérités. »

L'inquiétude générale allait grandissant.

« Et surtout de la franchise! reprit Papa Janvier. Voyons. Qui est-ce qui a bourré de coton les oreilles du chien, ouvert le robinet sur la tête du chat, et tellement poursuivi les petits poulets que deux d'entre eux sont tombés effarés dans le bassin et s'y sont noyés? »

Pierre devint rouge comme une fraise; mais, s'il était turbulent et espiègle, il était franc comme l'or. Il répondit, sans hésiter, quitte à ne pas avoir de joujoux:

« C'est moi, Papa Janvier.

— Bien », dit Papa Janvier, sans autre commentaire.

Il reprit son terrible registre.

« Qui est-ce qui touche aux aiguilles de sa maman, brouille les fils et perd les pelotes? »

Henriette était fort touche-à-tout, mais elle ne mentait jamais. Elle se reconnut et dit, prête à pleurer:

« C'est moi, Papa Janvier. »

« Qui est-ce qui a mordu dans les pommes qu'on avait mises en réserve dans une armoire ? »

« C'EST MOI, PAPA JANVIER. »

Madeleine et Gaston étaient fort gourmands, mais ils disaient toujours la vérité.

Ils baissèrent la tête, tout penauds et dirent en chœur :

« C'est moi, Papa Janvier. »

« Qui est-ce qui a égratigné sa bonne? »

La pauvre Marthe était colère comme un dindon; mais elle ne cherchait jamais à nier ses torts; elle murmura à voix basse :

« C'est moi, Papa Janvier. »

« Hum! hum! dit Papa Janvier en se penchant sur son registre, comme s'il y découvrait une énormité; qui est-ce qui s'est donné une indigestion de crème volée? »

Suzanne se reconnut; mais elle n'eut pas le courage d'avouer ce fait abominable. Elle se leva, très rouge, et dit précipitamment :

« Papa Janvier, c'est Lili! »

La poupée ne protesta point contre cette accusation mensongère. Les poupées ne parlent pas, et c'est bien heureux pour les enfants, dont elles raconteraient les sottises.

« Ah! fit Papa Janvier, c'est Lili? Vilaine Lili! C'est honteux! à trois ans! »

Suzanne se rassit, complètement rassurée, et poussa même la fourberie jusqu'à taper sa poupée en répétant : « Vilaine Lili ! »

Papa Janvier ferma son livre.

« Allons, dit-il d'un ton indulgent, vous allez me promettre de ne plus recommencer, et vous aurez vos joujoux. »

Tous les enfants firent la promesse demandée. Seule la pauvre Lili ne dit rien, parce qu'elle n'avait pas de langue.

« Eh bien, Lili, tu ne promets rien ? » demanda Papa Janvier à la poupée.

Lili, naturellement, ne répondit pas.

« Mais elle ne peut pas parler, dit Suzanne interdite.

— Parce qu'elle ne veut pas, dit Papa Janvier. C'est de la mauvaise volonté. »

Il rouvrit son registre, et à l'article Lili il écrivit quelque chose qui était certainement une mauvaise note.

Puis il se leva, passa derrière le canapé et commença la distribution des joujoux.

Pierre eut un beau cheval mécanique, et Papa Janvier, en le lui remettant, l'engagea à ne pas tourmenter les animaux qui ne sont pas en bois.

Henriette reçut un magnifique nécessaire avec le conseil de ne plus toucher aux ustensiles de travail de sa maman.

Madeleine, une confiserie superbe; Gaston, un alphabet en chocolat et des soldats en sucre. Papa Janvier exprima l'espoir qu'ils attendraient, dorénavant, pour manger les bonnes choses, qu'on les leur donnât.

Marthe, l'aînée, eut une poupée presque aussi grande que sa petite sœur Madeleine; mais Papa Janvier lui révéla que le premier devoir d'une jeune mère est de donner à sa fille l'exemple de la patience et de la douceur.

Suzanne, très surprise, n'eut qu'un sucre d'orge, mais Papa Janvier la complimenta bien fort sur sa sagesse, car elle seule n'avait aucune mauvaise note sur le grand livre.

« Quant à Lili, dit sévèrement Papa Jan-

« ALLONS, MES ENFANTS, VENEZ M'EMBRASSER »

vier, je lui avais destiné un berceau magnifique.... »

En effet, le berceau que Papa Janvier montrait était admirable. Un vrai berceau, avec des rideaux de mousseline et des nœuds de rubans bleus.

« Mais, puisqu'elle n'a pas voulu promettre de ne plus recommencer, je remporte mon cadeau. Ce sera pour l'année prochaine.

Lili avait un air d'indifférence bien peu fait pour calmer le courroux de Papa Janvier, mais Suzanne était désolée.

« Si je n'avais pas menti, se disait-elle, j'aurais eu le berceau. »

« Allons, mes enfants, venez m'embrasser. Il faut que je me hâte ; j'ai d'autres clients à voir, » dit le bonhomme en ramassant sa hotte.

Les enfants défilèrent, offrant respectueusement leur front et disant merci.

Suzanne vint la dernière. Comme elle était toute petite, Papa Janvier l'enleva dans ses bras pour l'embrasser. Alors, confuse et très émue, elle dit, tout bas, à l'oreille du vieil ami :

« Papa Janvier, ce n'est pas Lili, c'est moi! »

Alors Papa Janvier, qui était presque aussi bon que le vrai papa de Suzanne, mit le berceau dans les bras de la petite fille ravie, en lui disant avec douceur :

« Dis toujours la vérité, ma mignonne : péché avoué est à moitié pardonné. »

« DIS TOUJOURS LA VÉRITÉ, MA MIGNONNE »

TABLE DES MATIÈRES

Coulommiers. — Imp. P. Brodard et Gallois.